幼兒全語文 階梯故事 系列

我愛我的朋友

袁妙霞　著
野人　繪

園丁文化

熊貓弟弟剛剛搬家，很快他就結交了
不少朋友。

熊貓弟弟和朋友們一起玩耍。
看！他們玩得多開心。

熊貓弟弟和朋友們一起看書。
看！他們看得多專心。

熊貓弟弟和朋友們一起分享食物。
看！他們吃得多滋味。

熊貓弟弟畫了一張心意卡送給朋友。
他在卡上寫着：「我愛我的朋友。」

朋友們也在畫心意卡。
他們在卡上寫什麼呢？

「我們也愛熊貓弟弟。」

導讀活動

 提問

 封面
1. 圖中的小動物手拉着手，你猜他們是什麼關係？
2. 請把書名讀一遍。

P2
1. 圖中是誰的家？他是新搬來的嗎？你是怎樣知道的？
2. 圖中的小動物來做什麼？你猜新搬來的熊貓弟弟願意跟他們做朋友嗎？

P3
1. 熊貓弟弟和朋友們在做什麼？他們玩得開心嗎？
2. 你玩過這遊戲嗎？你覺得好玩嗎？

P4
1. 熊貓弟弟和朋友們在做什麼？他們看得專心嗎？
2. 你喜歡看書嗎？你也能專心看書嗎？

P5
1. 熊貓弟弟和朋友們在做什麼？他們吃得滋味嗎？
2. 從圖中看來，小動物們願意跟朋友分享自己的食物嗎？你也願意跟朋友分享食物嗎？

P6
1. 熊貓弟弟在做什麼？
2. 他在卡上寫上什麼？你猜這張卡是送給誰的？

P7
1. 朋友們在做什麼？你猜他們會在卡上寫什麼？
2. 你猜這張卡是送給誰的？

P8
1. 你猜對了嗎？請把卡上的字讀出來。
2. 如果你是熊貓弟弟，你喜歡這張卡嗎？你會對朋友說什麼呢？

養成好習慣

對待朋友應有的態度

① 友善待人。

② 跟朋友分享。

③ 幫助朋友。

④ 關心朋友。

字卡

❶ 把字卡全部排列出來，伴讀者讀出字詞，請孩子選出相應的字卡。
❷ 請孩子自行選出多張字卡，讀出字詞並口頭造句。

請沿虛線剪出字卡。

剛剛	搬家	結交
朋友	玩耍	開心
看書	專心	滋味
畫	心意卡	寫

幼兒全語文階梯故事系列
第 4 級（高階篇）

《我愛我的朋友》

©園丁文化

幼兒全語文階梯故事系列
第 4 級（高階篇）

《我愛我的朋友》

©園丁文化

幼兒全語文階梯故事系列
第 4 級（高階篇）

《我愛我的朋友》

©園丁文化

幼兒全語文階梯故事系列
第 4 級（高階篇）

《我愛我的朋友》

©園丁文化

幼兒全語文階梯故事系列
第 4 級（高階篇）

《我愛我的朋友》

©園丁文化

幼兒全語文階梯故事系列
第 4 級（高階篇）

《我愛我的朋友》

©園丁文化

幼兒全語文階梯故事系列
第 4 級（高階篇）

《我愛我的朋友》

©園丁文化

幼兒全語文階梯故事系列
第 4 級（高階篇）

《我愛我的朋友》

©園丁文化

幼兒全語文階梯故事系列
第 4 級（高階篇）

《我愛我的朋友》

©園丁文化

幼兒全語文階梯故事系列
第 4 級（高階篇）

《我愛我的朋友》

©園丁文化

幼兒全語文階梯故事系列
第 4 級（高階篇）

《我愛我的朋友》

©園丁文化

幼兒全語文階梯故事系列
第 4 級（高階篇）

《我愛我的朋友》

©園丁文化